mantra lingua

THIS BOOK
BELONGS TO:

_____

_____

For Anna
M.W.

For Sebastian,
David & Candlewick
H.O.

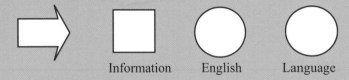

Information   English   Language

Published by arrangement with Walker Books Ltd, London SE11 5HJ

Dual language edition first published 2006 by Mantra Lingua
Dual language TalkingPEN edition first published 2010 by Mantra Lingua
Global House, 303 Ballards Lane, London N12 8NP, UK
http://www.mantralingua.com

A CIP record of this book is available from the British Library

O Pato Lavrador

FARMER DUCK

written by
MARTIN WADDELL

illustrated by
HELEN OXENBURY

MANTRA LINGUA

Era uma vez um pato que teve a má sorte de viver
com um certo lavrador muito preguiçoso.
O pato é que trabalhava. E o lavrador ficava
todo o dia na cama.

There once was a duck who had the bad luck
to live with a lazy old farmer.
The duck did the work.
The farmer stayed
all day in bed.

O pato ia buscar a vaca ao campo.
– Como é que vai esse trabalho? – gritava o lavrador.
O pato respondia:
– Quá, quá!

The duck fetched the cow from the field.
"How goes the work?"
called the farmer.
The duck answered,
"Quack!"

O pato trazia as ovelhas da colina.
– Como é que vai esse trabalho? – gritava o lavrador.
O pato respondia:
– Quá, quá!

The duck brought the sheep from the hill.
"How goes the work?" called the farmer.
The duck answered,
"Quack!"

O pato punha as galinhas na capoeira.
– Como é que vai esse trabalho? – gritava o lavrador.
O pato respondia:
– Quá, quá!

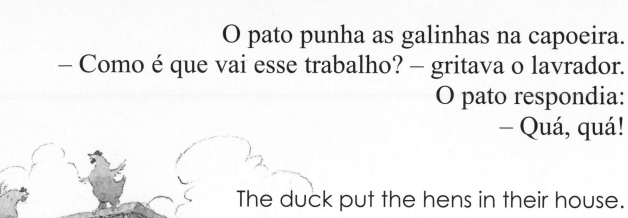

The duck put the hens in their house.
"How goes the work?"
called the farmer.
The duck answered,
"Quack!"

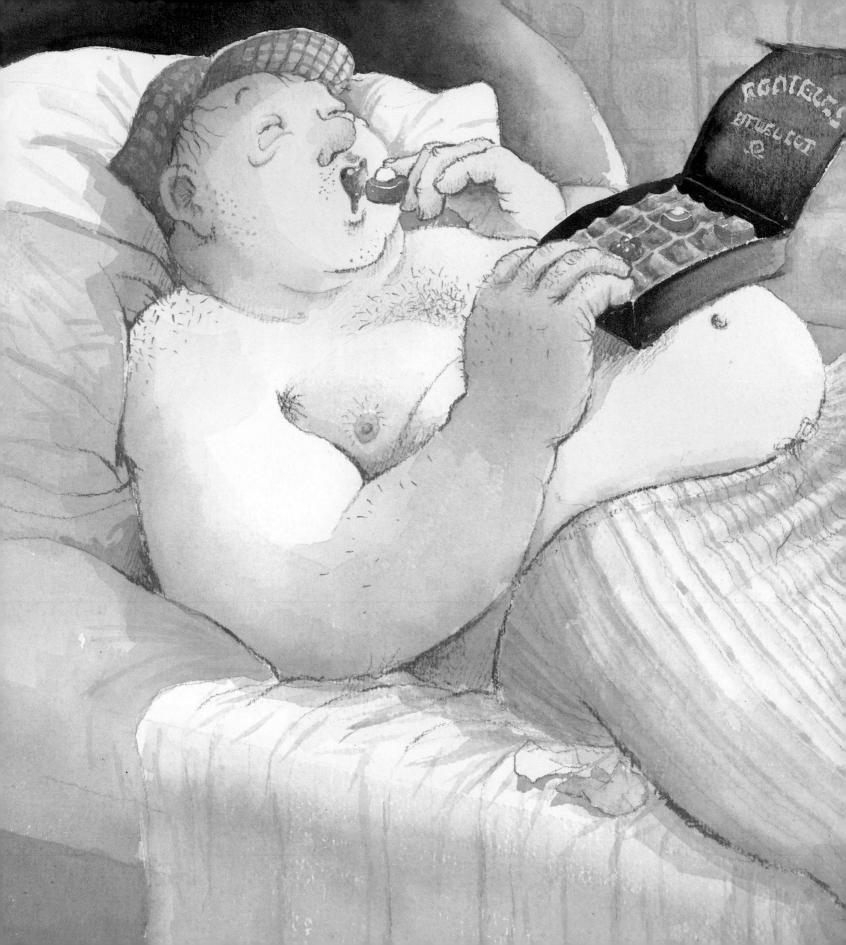

O lavrador ficou muito gordo por passar o tempo na cama e o pobre do pato ficou farto de ter de trabalhar o dia inteiro.

The farmer got fat through staying in bed
and the poor duck got fed up
with working all day.

– Como é que vai esse trabalho?
– QUÁ, QUÁ!

"How goes the work?"
"QUACK!"

– Como é que vai esse trabalho?
– QUÁ, QUÁ!

"How goes the work?"
"QUACK!"

– Como é que vai esse trabalho?
– QUÁ, QUÁ!

"How goes the work?"
"QUACK!"

– Como é que vai esse trabalho?
– QUÁ, QUÁ!

"How goes the work?"
"QUACK!"

– Como é que vai esse trabalho?
– QUÁ, QUÁ!

"How goes the work?"
"QUACK!"

– Como é que vai esse trabalho?
– QUÁ, QUÁ!

"How goes the work?"
"QUACK!"

O pobre do pato andava cheiinho
de sono, choroso e cansado.

The poor duck was sleepy
and weepy
and tired.

As galinhas, a vaca e as ovelhas ficaram
muito incomodadas.
Elas adoravam o pato. Por isso fizeram
uma reunião ao luar e arranjaram um
plano para porem em prática de manhã.

– MUUU! – disse a vaca.
– MEEÉ! – disseram as ovelhas.
– CACARACÁ! – disseram
as galinhas.
E era ESSE o plano.

The hens and the cow
and the sheep got very
upset.
They loved the duck.
So they held a meeting
under the moon and
they made a plan
for the morning.

"MOO!" said the cow.
"BAA!" said the sheep.
"CLUCK!" said the hens.
And THAT was the plan!

Estava quase a amanhecer e reinava o silêncio na quinta.
Usando a porta das traseiras, a vaca, as ovelhas e as
galinhas entraram sorrateiramente pela casa adentro.

It was just before dawn and the farmyard was still.
Through the back door and into the house
crept the cow and the sheep and the hens.

Atravessaram o hall em pezinhos de lã e, fazendo ranger a madeira, foram pelas escadas acima.

They stole down the hall.
They creaked
up the stairs.

Enfiaram-se debaixo da cama do lavrador
e começaram a mexer-se de um lado para
o outro. A cama começou a abanar
e o lavrador acordou e gritou:
– Como é que vai esse trabalho?
e...

They squeezed under the bed of
the farmer and wriggled about.
The bed started to rock and the
farmer woke up, and he called,
"How goes the work?"
and...

– MUUU!
– MEEÉ!
– CACARACÁ!

"MOO!"
"BAA!"
"CLUCK!"

Nisto, levantaram a cama do lavrador e ele começou a gritar;
e andaram com ele aos encontrões e às voltas e mais voltas,
até que o fizeram cair da cama para fora...

They lifted his bed and he started to shout, and they banged
and they bounced the old farmer about and about and about,
right out of the bed...

e ele desatou a fugir, com a vaca, as ovelhas e as galinhas
mugindo, balindo e cacarejando atrás dele.

and he fled with the cow and the sheep and the hens
mooing and baaing and clucking around him.

Pelo carreiro abaixo...
– Muuu!

Down the lane...
"Moo!"

pelos campos fora...
– Meeé!

through the fields...
"Baa!"

para além da colina...
– Cacaracá!

over the hill...
"Cluck!"

e nunca mais voltou.

and he never came back.

O pato acordou e começou a
bambolear-se penosamente em
direcção ao pátio esperando ouvir:
– Como é que vai esse trabalho?
Mas não se ouviu ninguém!

The duck awoke and waddled wearily into the yard expecting
to hear, "How goes the work?"
But nobody spoke!

Nessa altura a vaca, as ovelhas e as galinhas voltaram.
– Quá, quá? – perguntou o pato.
– Muuu! – disse a vaca.
– Meeé! – disseram as ovelhas.
– Cacaracá! – disseram as galinhas.
E com isto o pato ficou a saber tudo o que se tinha passado.

Then the cow and the sheep and the hens came back.
"Quack?" asked the duck.
"Moo!" said the cow.
"Baa!" said the sheep.
"Cluck!" said the hens.
Which told the duck
the whole story.

Então, mugindo, balindo, cacarejando
e grasnando, puseram-se todos a
trabalhar na quinta deles.

Then mooing and baaing
and clucking and quacking
they all set to work
on their farm.

Here are some other bestselling

dual language books from Mantra Lingua

for you to enjoy.